18 rue Barbès, 92128 Montrouge
ISBN : 979-1-0363-1917-4
Dépôt légal : avril 2021

Loi n°49-956 du 16 juillet 1949
sur les publications destinées à la jeunesse.

Achevé d'imprimer en avril 2021 par Novoprint

PEFC PEFC/14-38-00277

Margot & Rudy
et la petite danseuse de Degas

Elisa Villebrun
Illustré par Marine Gosselin

bayard jeunesse

« Pour Jeanne, qui aime danser dans le vent du Sud. »

Chapitre 1

Pied à la barre, Margot s'échauffait en observant ses nouveaux camarades de la cinquième division, une quinzaine de filles et quatre ou cinq garçons. Leurs visages lui étaient inconnus mais elle trouvait les filles incroyablement élancées dans leurs justaucorps. Leurs voiles tournoyaient à chaque mouvement, comme une nuée de petits papillons prêts à s'envoler !

Une semaine plus tôt, Margot était arrivée de Bretagne, où ses parents tenaient une crêperie en bord de mer, La Chaloupe. Elle avait rêvé de ce moment : intégrer l'Institut Fonteev, l'une des écoles de danse les plus réputées au monde. Cela faisait six ans qu'elle s'entraînait... ce qui, à douze ans, représentait déjà la moitié de sa vie !

Mais, aujourd'hui, elle sentait tous ses muscles pétrifiés, et sa confiance en elle vaciller : est-ce qu'elle méritait d'être ici autant que toutes les autres ? Allait-elle réussir à rattraper son retard, elle qui n'avait pas suivi la sixième division ?

La jeune fille observa discrètement son pendentif porte-bonheur, qui représentait une danseuse en arabesque. C'était un bijou de sa grand-mère. C'était elle qui lui avait transmis sa passion pour la danse. Et qui l'avait aidée à persuader ses parents de la laisser partir.

– Oh, non, regardez : Rudy tourne encore autour de nos sacs ! s'exclama une fille qui s'appelait Victoire, en pointant le doigt vers le couloir.

Margot leva la tête et vit un petit rouquin à la tignasse mal peignée qui jetait aux danseuses un regard de dédain. Elle l'avait déjà remarqué dans la cour ce matin, tout seul, dans son accoutrement négligé. Il tournait volontairement le dos aux autres garçons. Comme s'il faisait tout pour ne pas ressembler aux jeunes danseurs soignés. Elle eut l'impression qu'il la jaugeait et se força à soutenir son regard.

– Hé, la nouvelle, un petit conseil, reprit Victoire : ne t'approche pas de ce taré. Il passe son temps à nous embêter !

Il est à l'école parce qu'il est le petit-fils de la directrice, Mme Sieffert, mais il ne suit même pas le cursus de danse... il n'a AUCUN talent dans ce domaine ! Comme AUCUN ami d'ailleurs !

Des petits rires s'élevèrent dans le studio de danse et Margot ne répondit pas. La fameuse Victoire semblait avoir sa petite cour. De toute façon, Margot n'avait aucune envie de se faire remarquer dès le premier jour en s'affichant avec qui que ce soit.

De l'autre côté de la vitre, Rudy observait les filles qui se moquaient encore de lui. En même temps, après le pot de moutarde renversé dans leurs chaussons la semaine dernière, c'était de bonne guerre.

Rudolf Sieffert, alias « Rudy », détestait la danse. Et, peut-être encore plus

que la danse, il détestait les danseurs. Il y avait tellement de raisons à ça qu'il ne savait même plus par laquelle commencer. Primo, c'est à un danseur qu'il devait ce prénom ridicule de « Rudolf », un certain « Noureev ». On n'avait pas idée de donner ce prénom à un enfant au vingt-et-unième siècle ! Secundo, les danseurs étaient des êtres bien trop étranges pour lui. Les filles portaient toutes des chignons énormes sur leurs têtes comme si elles avaient délocalisé leurs cerveaux dedans. Ce qui était tout à fait possible vu que, d'après Rudy, elles ne s'en servaient jamais. Et les garçons ne valaient pas mieux ! Lui ne rêvait que d'une chose, c'était de faire une bonne vieille partie de foot avec des copains ! Au lieu de ça, il était obligé de supporter tous ces clones parfaits sous prétexte que le niveau de l'école était excellent.

Rudy s'attarda sur la nouvelle. Elle n'était pas très grande par rapport aux autres filles. Ses yeux noirs le fixaient d'un éclat étonnant. Châtain clair, elle aussi arborait le fameux chignon délocalisateur. Son cerveau à lui était déjà en train d'imaginer un cadeau de bienvenue quand une voix l'interpela sévèrement :

– Rudolf !

Il n'y avait qu'une seule personne qui l'appelait Rudolf. Et en général c'était plutôt mauvais signe... Le garçon s'empressa de décamper avant que sa grand-mère ne l'accable de nouveaux reproches, en général totalement fondés.

La mine inquiète, Mme Sieffert vit son petit-fils s'échapper. Cet enfant deviendrait-il un jour raisonnable ? C'était peu probable. Mais comment lui en vouloir, avec tout ce qui lui était arrivé ? Elle entra dans la classe, où ses élèves l'attendaient. Malgré l'âge, Mme Sieffert avait conservé son maintien de danseuse. Ses cheveux argentés, sa silhouette élancée et son autorité naturelle faisaient oublier la canne qui accompagnait sa marche. D'un seul mouvement, toutes les danseuses s'inclinèrent dans une gracieuse révérence. Margot s'empressa de les imiter avec un temps de retard.

– Très bien, mesdemoiselles, ravie de vous retrouver pour cette nouvelle année. Le cours de cinquième division va vous permettre de poursuivre l'apprentissage des bases tout en gagnant en précision et en netteté.

Le cours débuta par les positions de base : première, seconde, troisième… puis quelques pliés, relevés, demi-pointes…

La professeure passait devant les élèves pour corriger de son regard bleu perçant une hanche mal placée, une pointe en-dedans, un dos mal tenu.

– Ophélie, tire sur ta pointe… Jessica, ton cou-de-pied ! Victoire, ton dégagé est net, c'est bien.

Margot se concentrait pour marquer les mouvements et suivre le rythme. Mais elle avait l'impression de se traîner là où toutes les autres semblaient comme des poissons dans l'eau.

– Aujourd'hui, nous allons travailler les sauts. Je veux que vous vous transformiez en petites balles, mesdemoiselles, que vous touchiez le plafond !

L'une après l'autre, les jeunes filles s'élancèrent en diagonale pendant que Mme Sieffert continuait à battre la mesure. Un, deux, trois…

– Pliez bien, relâchez les genoux et sautez plus haut ! Du tonus, je veux du tonus, mesdemoiselles !

Bientôt, ce fut au tour de Margot de se lancer.

– Margot, tu peux faire mieux. Refais-moi ça en plus grand : plus plié, plus lâché, plus sauté. Tout en plus grand !

La jeune fille revint se placer à l'extrémité de la salle, seule, tous les regards braqués sur elle. Elle s'élança de nouveau.

– Non ! Margot, tu contrecarres tous tes sauts ! Recommence encore une fois !

La gorge de Margot se noua tandis que des murmures rieurs s'élevaient parmi les danseuses. Elle se sentait trembler à l'intérieur. Elle sauta encore, mais elle était bien trop chamboulée maintenant pour se concentrer. Elle manqua sa réception et trébucha. Son pendentif se détacha et tinta sur le sol dans un bruit de métal qui résonna dans le silence du studio.

Mme Sieffert fixa la nouvelle venue de son regard sévère.

– Danser avec un bijou peut être dangereux, Margot. C'est pourquoi le règlement l'interdit. Donne-moi ça. Tu passeras me voir à la fin des cours.

Mortifiée, Margot remit son pendentif à Mme Sieffert. Tomber devant tout le monde et se faire reprendre pour sa conduite. Comment faire pire pour un premier jour ? Et maintenant son porte-bonheur n'était même plus là pour la protéger…

Chapitre 2

À dix-huit heures, alors que tous les élèves de l'Institut avaient rejoint l'internat, situé dans l'aile gauche du bâtiment, Margot se présenta devant la porte du bureau de Mme Sieffert. La directrice allait-elle la renvoyer tout de suite ? La jeune fille inspira pour se donner du courage et frappa. Elle entendit une voix autoritaire lui ordonner d'entrer.

Terrifiée, Margot pénétra dans le bureau. Curieusement, la pièce était déserte. Où était donc Mme Sieffert ? Margot s'avança vers le secrétaire installé devant la bibliothèque. Une très belle boîte à musique était posée dessus. Elle contempla le danseur qui l'ornait. Il était légèrement décalé par rapport au centre de la boîte : il manquait

sa partenaire. La figurine avait dû être cassée. Margot se dit que le danseur devait se sentir bien seul quand elle entendit soudain une voix ricaner dans son dos.

– Tu cherches quelque chose, peut-être ?

Margot se retourna. Sur le canapé derrière la porte se trouvait le petit-fils de Mme Sieffert, le fameux Rudy.

– Ce ne serait pas… ce pendentif, par hasard ?

Rudy, tout sourire, fit glisser entre ses doigts le porte-bonheur de Margot, qu'il s'amusait à balancer au bout de sa chaîne. Elle sentit le rouge lui monter aux joues. Sans se démonter, elle s'avança vers le garçon.

– Tu peux me le rendre, s'il te plaît ?

Voyant qu'il ne bougeait pas, Margot esquissa un mouvement vers lui, mais Rudy était aussi rapide qu'un oiseau moqueur. Faire enrager une danseuse était son activité préférée ! Il se mit à courir dans la pièce et elle n'eut d'autre choix que de le poursuivre. Les deux enfants se pourchassaient quand Margot se cogna au secrétaire. La jolie boîte à musique tomba et le danseur fut propulsé à un mètre.

Catastrophé, Rudy laissa aussitôt le pendentif sur le bureau pendant que Margot massait sa hanche endolorie.

– Regarde ce que tu as fait, idiote ! Tu as cassé la boîte à musique de ma grand-mère !

Margot sentit son ventre se nouer. Cette journée était un vrai désastre.

– Je... je suis désolée, mais ça ne serait pas arrivé si tu m'avais rendu mon pendentif !

Mais Rudy ne l'écoutait pas. Il avait ramassé le danseur, qu'il essayait en vain d'emboîter dans son socle.

– Ma grand-mère adore cette boîte… Elle va me tuer !

Aux trémolos dans sa voix, Margot comprit qu'il ne jouait plus la comédie. Il était vraiment paniqué. Elle se rapprocha et lui prit le danseur des mains.

– On peut la réparer. Je connais un antiquaire qui habite pas loin d'ici, c'est un ami de ma grand-mère. À chaque fois que je suis venue à Paris avec elle, on lui a rendu visite. Je suis sûre que, si je la lui apporte, il po…

– Jamais de la vie !

Soudain, la porte s'ouvrit. Le garçon, vif comme l'éclair, bondit derrière le canapé. Mais Margot resta figée sur place, comme un lapin pris dans les phares d'une voiture. Elle n'eut que le temps de cacher le danseur dans son dos.

– Margot ? s'étonna la directrice en entrant dans son bureau.

– Pardon, bredouilla la jeune fille, aussi rose que son justaucorps. J'étais venue… pour le pendentif… J'ai cru…

Mme Sieffert vit le trouble dans ses yeux et lui sourit. Margot était douée, elle l'avait senti dès l'audition, la jeune fille devait simplement apprendre à se faire confiance. La directrice avait l'impression de se voir en elle, arrivant à Paris il y avait bien des années de cela pour suivre ses premiers cours de danse. Elle sentait en Margot la même volonté de bien faire, la même peur de décevoir.

– Margot, j'attends beaucoup de toi. Alors ne te laisse pas impressionner… La seule chose qui compte est ce que tu ressens au fond de toi quand tu danses.

Margot hocha la tête en silence, pesant les mots de la directrice. Elle vit Rudy qui en profitait pour s'éclipser par la porte restée ouverte, sa boîte à musique cassée à la main. Puis Mme Sieffert se dirigea lentement vers son bureau.

– Tiens... ton pendentif. Tu peux le reprendre, mais promets-moi de ne plus le porter lors des répétitions.

Chapitre 3

Perdue dans ses pensées, Margot remontait le trottoir sans prêter attention aux bouchons de fin de journée autour d'elle. Elle était sortie de l'Institut pour aller chez M. Geno, l'antiquaire dont elle avait parlé à Rudy. C'était idiot : sans la boîte, elle ne pouvait pas espérer réparer quoi que ce soit. Et elle serait punie si elle se faisait prendre. Mais elle avait besoin de s'isoler.

Cela faisait des années qu'elle rêvait d'intégrer l'Institut. Alors pourquoi se sentait-elle si triste soudain ? Était-ce à cause du cours qui s'était mal passé, de la boîte à musique cassée, de cet idiot de Rudy ? Ou tout simplement parce que sa maison lui manquait déjà ? Finies les crêpes soufflées au fromage – ses préférées – du restaurant de ses parents. Fini le vent de la mer qui la faisait s'envoler sur le chemin de l'école. Finies les parties de jeux vidéo avec son petit frère. Du moins jusqu'aux prochaines vacances. La gorge de Margot se serra.

C'était M. Geno qui lui avait parlé de l'Institut Fonteev, une fois où elle avait accompagné sa grand-mère à Paris. Le soir même, le vieil homme les avait emmenées à l'Opéra. Depuis lors, l'envie de Margot n'avait fait que croître. Elle dansait des heures face à la mer. Elle sautait de galet en galet pour travailler son équilibre. Elle s'entraînait à marcher sur les aiguilles de pin sans les faire craquer. Peut-être que revoir M. Geno lui remonterait un peu le moral ?

Margot entendit soudain une voix dans son dos :

– Hé, la nouvelle, attends-moi !

Surprise, elle se retourna et aperçut Rudy qui la rejoignait, hors d'haleine, sa boîte à musique à la main.

– C'est encore loin, ton antiquaire ? bougonna-t-il, en reprenant son souffle.

Margot sentit à nouveau sa colère monter. Puis elle lut de l'inquiétude dans les yeux du garçon et hocha simplement la tête. Ils reprirent leur marche.

– Toi qui adores embêter les danseuses, c'est étonnant que tu t'inquiètes pour ce danseur-là ! dit-elle en sortant la figurine de sa poche.

Rudy baissa les yeux. Il ne faisait plus du tout le malin.

– La boîte à musique, elle appartenait… à ma mère… C'est pour ça que ma grand-mère y tient autant.

Margot se sentit terriblement gênée. Qu'elle était bête ! La mère de Rudy… c'était la fille de Mme Sieffert : Odilia Sieffert, la célèbre danseuse étoile mystérieusement disparue dix ans auparavant. Il ne devait même pas avoir de souvenirs d'elle. Margot avait entendu dire que le père de Rudy passait sa vie à parcourir le monde avec sa compagnie de danse pour oublier ce qui était arrivé à sa femme. Voilà pourquoi le garçon vivait avec sa grand-mère. Le pauvre… ce n'était pas étonnant qu'il déteste la danse ! Et voilà sans doute pourquoi il faisait tout pour n'avoir aucun ami. Par peur qu'on l'abandonne encore.

Un silence embarrassé s'installa entre les deux marcheurs mais, heureusement, la boutique de l'antiquaire se dressa soudain devant eux. Un joli tintement de carillon annonça leur entrée. Le magasin était une véritable caverne d'Ali Baba. Un joyeux bazar de pendules battait la mesure autour de Margot et Rudy.

– Monsieur Geno ! Cela me fait tellement plaisir de vous voir !

Rudy regarda Margot sauter au cou de l'antiquaire, un vieil homme à lunettes. Ses yeux bleus brillaient d'intelligence.

– Ma petite Margot, mais que fais-tu ici ? Tu ne devrais pas être dehors à cette heure-ci !

– Je sais, mais... j'avais envie de vous voir.

M. Geno serra sa main dans la sienne, se doutant bien de ce qu'il en était.

– C'est dur d'être loin de chez toi à ton âge, hein, fillette… Mais je suis sûr que tu feras des merveilles à l'Institut Fonteev, ne t'inquiète pas. Et tu sais que ma porte te sera toujours ouverte…

Margot eut l'impression de mieux respirer. Cette nouvelle ville était immense, l'Institut tout aussi impressionnant, mais elle n'était pas seule. La jeune fille reprit, surprenant le regard intrigué de M. Geno sur Rudy.

– Ah, oui, nous avons besoin de votre aide, aussi !

Elle prit la boîte à musique des mains de Rudy pour expliquer à M. Geno toute l'histoire. Il écarquilla les yeux mais ne dit rien. Puis il s'en saisit avec délicatesse, comme un trésor en danger. Rudy se tordait les mains d'anxiété. Voilà, c'était fichu, il le savait, la boîte était irréparable !

L'antiquaire invita les deux enfants à se promener dans sa boutique, le temps qu'il travaille dessus. Margot et Rudy flânèrent entre les cadrans.

Rudy observait une pendule à coucou, quand un oiseau jaillit juste devant son nez. Il sursauta et Margot ne put s'empêcher de rire. Le vieil antiquaire les appela au bout de quelques minutes. Tant mieux, c'était bientôt l'heure du dîner. Ils ne pourraient pas le manquer sans se faire remarquer. Un large sourire se dessina sur le visage de Rudy quand il vit que le danseur trônait à nouveau sur la boîte à musique. Elle était réparée !

– Ce n'était pas grand-chose, heureusement, expliqua le vieil homme : juste le ressort qui avait sauté.

L'antiquaire dévisageait curieusement Rudy. Le garçon, soulagé, ne quittait pas sa précieuse boîte des yeux. Il s'apprêtait à la reprendre quand M. Geno le stoppa net.

– Vous détenez là une boîte à musique spéciale, jeune homme… On pourrait même dire… dangereuse.

Rudy hocha la tête en silence, sans trop savoir quoi penser de ces paroles étranges. Il reprit la boîte et la serra contre lui, bien

décidé à ne pas la laisser à ce vieil antiquaire bizarre. Margot était tout aussi muette.

– Un petit conseil, les enfants : ne faites jamais jouer cette boîte à musique pendant que l'horloge sonne les douze coups de minuit, à cette heure où l'on n'est plus tout à fait hier et pas encore tout à fait demain. Les conséquences pourraient être… dramatiques.

Un nouveau silence emplit la boutique. Margot et Rudy allaient lui demander pourquoi, quand dix-neuf heures sonnèrent soudain. L'heure du dîner ! Il fallait absolument qu'ils rentrent ! Ils remercièrent M. Geno en hâte et sortirent de la boutique en courant.

Quand ils débarquèrent dans la cantine, en nage, les plats venaient à peine d'être servis. Heureusement, personne ne sembla remarquer leur apparition tardive. Des filles arrivèrent même encore après eux, dévalant le grand escalier en marbre, en plein débat pour savoir s'il valait mieux transformer les anciens collants en guêtres ou en hauts d'échauffement. Margot attira Rudy à l'écart avant que quelqu'un voie ce qu'il tenait dans ses mains.

– Rudy, tu devrais aller remettre la boîte à musique en place avant que ta grand-mère s'aperçoive de sa disparition.

– Oui, mais... tu sais pourquoi... M. Geno a dit cette phrase étrange ?

Margot se tut quelques instants. Elle aussi avait ruminé ces mots bizarres pendant tout le trajet du retour, mais elle n'avait aucune idée de leur signification.

Chapitre 4

Margot se tournait dans son lit sans parvenir à trouver le sommeil. Les mots étranges de M. Geno lui trottaient dans la tête. On aurait dit qu'il connaissait déjà la boîte à musique de Rudy. Comment était-ce possible ? Et que pourrait-il bien arriver de si grave s'ils la faisaient jouer pendant les douze coups de minuit ?

Tourmentée par toutes ces questions, elle finit par se lever et se glissa hors de sa chambre avec le projet un peu fou de retourner dans le bureau de Mme Sieffert.

Pour y accéder, Margot devait se rendre dans l'aile droite, près des salles de classe. Au rez-de-chaussée, elle passa une tête dans la majestueuse salle de réception où était organisée chaque année la remise des prix d'excellence accordés aux meilleurs danseurs de deuxième et première division. En passant dans le hall, Margot ne put s'empêcher d'admirer le grand portrait qui trônait en haut de l'escalier. Il représentait Odilia Sieffert, la mère de Rudy, en pleine arabesque. Margot n'avait pas osé l'avouer à Rudy tout à l'heure, mais Odilia était sa danseuse étoile préférée. Elle connaissait tout d'elle : ses débuts, ses plus beaux rôles, son ascension fulgurante…

jusqu'à sa disparition mystérieuse à l'issue d'une représentation. Elle aurait tellement voulu être un jour capable de danser aussi bien. Margot aperçut la grande comtoise qui trônait dans le hall. Les aiguilles affichaient minuit moins dix, elle devait se dépêcher !

Devant la porte du bureau, un bruit lui glaça le sang. Quelqu'un se trouvait à l'intérieur ! Elle lâcha la poignée. Que dirait la directrice si elle la trouvait encore à fouiner dans son bureau ? Mais il était trop tard, la porte s'ouvrait déjà. Margot ne put retenir une exclamation :

– Rudy ! Mais qu'est-ce que tu fais là ?

– Chut ! Tu veux nous faire repérer ou quoi ?

Elle s'empressa de refermer la porte et s'approcha du jeune garçon. Il tenait la boîte à musique dans ses mains. Il avait apparemment eu la même idée qu'elle.

– Toi non plus, tu n'arrivais pas à dormir ?

Rudy ne répondit même pas. Il continuait de fixer la boîte à musique comme si le danseur allait lui parler. Il avait toujours pensé que sa grand-mère était attachée à cet objet parce qu'il lui rappelait sa fille. Mais peut-être n'était-ce pas la seule raison ?

Margot scrutait le visage de son camarade. Il semblait si résolu soudain. Il ne ressemblait plus du tout au gamin farceur qui terrorisait les danseuses avec ses blagues idiotes.

Il allait bientôt être minuit. Le garçon s'apprêtait à remonter le levier permettant d'actionner la boîte, quand Margot l'arrêta.

– Attends, Rudy ! Et si ce que M. Geno a dit était vrai... si cette boîte était...

dangereuse ? On ne ferait pas mieux de retourner le voir demain pour lui demander ce qu'il a voulu dire ?

Rudy haussa les épaules, l'air renfrogné.

– Et qu'il essaye de me la voler ? Non, merci ! J'ai bien vu qu'il hésitait à me la rendre tout à l'heure !

– Tu dis n'importe quoi ! M. Geno n'est pas un voleur !

Mais Rudy ne l'écoutait déjà plus, bien décidé à percer le secret de la boîte. La grande comtoise du hall se mit à sonner ses douze coups. Une tension emplit soudain l'espace. Margot n'osa rien dire quand elle vit Rudy qui portait la main au remontoir. Il lâcha le levier et le danseur se mit à tournoyer. Une musique triste se fit entendre. Le danseur paraissait si triste, lui aussi, tout seul sur sa boîte. Margot sentit soudain les notes de musique couler dans ses

oreilles comme des gouttes de sommeil. Ses yeux se faisaient de plus en plus lourds. Elle n'arrivait presque plus à les ouvrir. Elle s'accrocha à Rudy.

– Rudy… que… que nous arrive-t-il ? J'ai envie… de dormir.

Mais le garçon ne bougeait plus, hypnotisé par la boîte. Les deux enfants s'effondrèrent soudain sur le canapé, comme si les fils qui les tenaient debout venaient de lâcher. Dehors, une ombre noire recouvrit la lune naissante.

Chapitre 5

– Rudy, réveille-toi ! Réveille-toi !

Rudy sentit Margot qui le secouait avec force et ouvrit difficilement les yeux. Que s'était-il passé ? Ah oui, la boîte, le danseur, la musique qui donnait tant envie de dormir… puis plus rien. Le garçon regarda autour de lui. Ils étaient assis sur un canapé, sauf que ce n'était plus le même. Tout comme la pièce autour d'eux. Ils se trouvaient maintenant sous une rotonde dorée.

– Où sommes-nous ? s'inquiéta-t-il.

– Aucune idée ! soupira Margot.

La jeune fille se tordait les mains en se maudissant d'être sortie de sa chambre. Elle aurait mieux fait de se concentrer sur le cours de pointes de Mme Elbaz du lendemain, plutôt que de jouer les aventurières !

– Viens, allons nous promener.

– Non, tu es fou, Rudy !

Mais le garçon s'était déjà volatilisé par une porte et Margot fut bien obligée de le suivre. Ils déambulèrent sous d'impressionnantes arcades de pierres. Mais où étaient-ils donc ? Margot s'immobilisa de surprise en apercevant un bout de rue depuis une fenêtre. Mais elle ne put l'observer davantage, car Rudy était déjà reparti, dévalant un escalier de marbre.

– Attends-moi, Rudy !

– Regarde, Margot, là-bas : des hommes en costumes ! On dirait qu'ils tournent un film !

Rudy avait raison. Des hommes en redingotes et chapeaux hauts-de-forme discutaient en fumant devant une salle où se déroulait apparemment une répétition de danse. Mais, bizarrement, aucune caméra ne les filmait. Ils étaient tellement absorbés par leurs conversations que personne ne fit attention à Margot et Rudy. Ils se faufilèrent entre leurs jambes pour voir les danseuses de plus près. La salle de répétition était encore plus belle que tout ce qu'ils avaient vu jusqu'ici. Un grand lustre à gaz scintillait dans trois gigantesques miroirs. Margot pâlit.

– Rudy, nous sommes… à l'Opéra Garnier… au Foyer de la danse !

Comment avaient-ils atterri ici ? Un homme en costume noir et à la moustache grise frappa le sol de son bâton pour rappeler à l'ordre ses danseuses qui bavardaient. Les jeunes filles, dans leurs longs tutus blancs ceinturés de couleurs vives, obéirent aussitôt au maître de ballet.

– Un peu de discipline, mesdemoiselles ! La première de la Korrigane n'est que dans quelques mois ! Le 1er décembre 1880 va arriver bien plus vite que vous ne le pensez !

Le 1er décembre 1880 ? Qu'est-ce que c'était que cette histoire ?

Le maître appela une jeune fille pour répéter un enchaînement. La danseuse exécuta avec brio glissade, attitude, plié en cinquième…

– C'est bien, Marie… Attention, n'emmenez pas les épaules avec… Bien haut, la montée sur pointe ! Oui, c'est ça !

Margot ne parvenait pas à détacher ses yeux de la jeune ballerine. Elle paraissait si légère sur ses pointes tendues qu'un coup de vent aurait pu la faire s'envoler. C'était à peine si elle touchait le sol. Margot se sentait incapable de danser aussi bien un jour ! Des rires la sortirent de ses pensées. Près d'elle, des filles pouffaient en désignant les chaussons de la danseuse, usés jusqu'à la corde. Le cœur serré, Margot se demanda comment elle réussissait à danser avec.

De son côté, Rudy commençait à s'agiter. En voulant se rapprocher, il trébucha sur un arrosoir posé près des barres d'échauffement[1]. En un éclair, tout le monde se retourna sur eux. La danseuse prénommée Marie s'arrêta.

– Qu'est-ce que c'est ? s'exclama le maître. Le parquet n'a pas besoin d'être plus humidifié !

– Monsieur Mérante[2], intervint Marie, il doit s'agir des jeunes de la compagnie étrangère que la couturière vous envoie pour revoir leurs costumes.

M. Mérante se dirigea vers Margot et Rudy. Une expression de dégoût s'affichait sur son visage.

1. L'arrosoir servait à mouiller le sol pour empêcher les danseurs de glisser.
2. Louis Mérante fut le maître de l'Opéra de Paris de 1869 à 1887.

– Mais qu'est-ce que m'a fait cette bécasse ? Les Korrigans sont des lutins, pas des... mendiants !

Rudy jeta un œil à son pyjama aux motifs spatiaux et au survêtement de Margot. On ne pouvait pas dire en effet qu'ils ressemblaient à des lutins !

– Bon, soupira le maître. Peu importe, je verrai ça avec elle tout à l'heure. Puisque vous êtes là tous les deux, répétez-moi la ronde des Korrigans avec les autres.

Rudy allait protester qu'ils ne participaient en rien à cette reconstitution historique. Mais Margot l'entraîna en lui intimant de se taire.

– Fais comme moi, Rudy !

Une ronde se forma et le pianiste se mit à jouer un air entraînant. Rudy se laissa emporter en tentant de copier les pas de Margot. La jeune fille se retrouva juste à côté de la belle danseuse. Elle ne put s'empêcher d'admirer la finesse de sa cheville. Elle semblait plus légère qu'une plume. De l'autre côté, Rudy lui donnait l'impression d'être enchaînée à un éléphant. Pas chassés, un tour, lâché, trois coups de talon au sol... C'était loin d'être facile pour un garçon qui n'avait jamais dansé de sa vie ! Le maître battait la mesure avec son bâton.

– Plus léger, le coup de talon ! Serrez bien la ronde ! Soutenez le corps !

Le premier tour de ronde était à peine terminé que Rudy marcha sur le pied de sa voisine, qui poussa un cri strident. Le garçon trébucha de surprise, entraînant Margot dans sa chute.

– Fi ! Que c'est mauvais ! hurla M. Mérante. Retournez voir la costumière, je m'occuperai de vous deux plus tard !

Margot et Rudy ne se firent pas prier et s'échappèrent du foyer tels deux mulots effrayés.

Chapitre 6

Margot et Rudy couraient à perdre haleine dans le couloir aux arcades de pierre quand ils débouchèrent sur le Grand Foyer, une vaste galerie couverte de colonnes, de fresques peintes, d'or et de marbre rose. Margot aperçut leur reflet dans un des nombreux miroirs qui servaient à agrandir la salle : bien que tout cela paraisse irréel, ils étaient vraiment là.

– Qu'est-ce qui nous arrive, Rudy ? Comment peut-on être à l'Opéra Garnier... en 1880 ! haleta la jeune fille.

Rudy s'esclaffa.

– Tu ne crois quand même pas qu'on est vraiment en 1880 ! On ne peut pas remonter dans le temps ! Je ne sais pas comment on a atterri ici, mais tout cela n'est qu'un jeu ! Une sorte d'« escape game » version Opéra !

– Ah oui ? Tu en es sûr ?

À ces mots, Margot entraîna Rudy sur le balcon qui ouvrait sur l'avenue de l'Opéra. Rudy perdit aussitôt son sourire moqueur. La vue confirmait à Margot ce qu'elle pensait avoir aperçu tout à l'heure : sur l'avenue, des voitures tirées par des chevaux avaient remplacé les automobiles et leurs klaxons. Au centre de la place, la bouche de métro avait carrément disparu.

Au milieu des cabriolets et autres landaus, déambulaient des passants en costumes d'époques. Les femmes se cachaient du soleil derrière leurs ombrelles et leurs jupes étaient remontées bizarrement sur l'arrière. Les hommes étaient d'une élégance rare, portant tous la redingote et le chapeau haut-de-forme.

– C'est un peu beaucoup comme décor pour un « escape game », non ? ironisa la jeune fille.

Mais Rudy ne goûta pas la plaisanterie. Il fit le tour de la loggia en se tenant la tête entre les mains, prêt à arracher sa chevelure rousse désordonnée. Toutes les rues adjacentes lui offrirent le même spectacle.

– Comment... comment...

Le garçon n'arrivait même plus à aligner deux mots. Margot le força à s'arrêter et réussit à capter son regard.

– Réfléchis, Rudy… Ce qui s'est passé quand tu as fait jouer la boîte à musique… cet air bizarre qui nous a donné envie de dormir… et ce qu'avait dit M. Geno sur le fait que la boîte était dangereuse ! Peut-être que c'est ça, son pouvoir ! Remonter le temps !

En contre-bas, un crieur de journal claironna, comme pour enfoncer le clou : « Demandez le journal… *Le Temps*… *La Liberté*… Édition spéciale du 1er juin 1880 ! » Rudy resta là à l'écouter, hébété.

– Tu crois… qu'on va rester coincés… en 1880 ? Qu'est-ce qu'on va devenir ?

Margot était tout aussi perdue que lui mais elle n'était pas du genre à s'apitoyer sur son sort.

– Écoute, Rudy, si la boîte à musique nous a fait voyager dans le passé, alors elle peut sûrement nous ramener dans le présent !

Rudy la fixa d'un air désespéré.

– Mais je n'ai plus la boîte, Margot, elle n'était pas là quand on s'est réveillés !

La jeune fille se tut, comme si elle réfléchissait.

– Tu l'as laissée tomber, peut-être. Nous devons retourner dans la pièce où nous nous sommes réveillés. La boîte y est sûrement toujours !

Rudy se laissa entraîner par Margot. Ils étaient quasiment arrivés à la salle quand ils croisèrent un homme portant un épais manteau. Pressés, ils ne lui prêtèrent aucune attention et se dépêchèrent de gagner la rotonde pour se mettre en quête de la fameuse boîte. Ils retournèrent les coussins des fauteuils, soulevèrent le lourd tapis d'Orient, se plièrent en deux pour scruter sous le canapé Empire. Mais la boîte à musique restait introuvable.

Avait-elle disparu ou n'avait-elle pas voyagé avec eux ? De dépit, Margot se laissa tomber à terre.

– Tu as raison c'est fichu, nous allons rester coincés ici !

Rudy s'assit à côté d'elle. Il sentait qu'une voix à l'intérieur de sa tête voulait lui dire quelque chose.

– Margot… le couloir où l'on a croisé l'homme au gros manteau tout à l'heure… il ne donne que sur cette pièce !

Un éclair traversa les yeux de Margot. Cet homme pouvait-il leur avoir volé la boîte ? Sans même échanger un mot, ils quittèrent le grand salon et dévalèrent les escaliers qui menaient vers la sortie. Ils devaient absolument rattraper cet homme avant qu'il s'évanouisse dans la nature ! Parvenus hors d'haleine sur la place de l'Opéra, ils le cherchèrent des yeux au milieu de la poussière soulevée par les chevaux.

– Là, regarde, Margot, dans la voiture !

L'homme qu'ils avaient croisé venait de prendre place dans un fiacre. Le véhicule démarra en trombe. Ils n'eurent que le temps d'apercevoir la boîte à musique, que l'homme contemplait d'un air satisfait.

Chapitre 7

– Que faites-vous ici ?

Margot et Rudy se retournèrent vers la jeune fille qui venait de les apostropher sur le parvis de l'Opéra. C'était Marie, la ballerine qui dansait si bien tout à l'heure.

– M. Mérante m'envoie vous faire répéter, enchaîna-t-elle d'un ton agacé. Vous n'êtes pas au niveau, c'est toujours comme cela avec les compagnies étrangères ! Allez, suivez-moi…

Margot et Rudy se jetèrent un coup d'œil inquiet. Ils n'avaient pas de temps à perdre, ils devaient retrouver cet homme au plus vite.

– Désolé, nous sommes occupés…, lança Rudy. Plus tard, peut-être.

Les deux enfants commençaient à s'éloigncr quand la jeune fille les interpela de nouveau :

– Je sais où il habite.

Margot et Rudy s'arrêtèrent net.

– L'homme qui vient de partir en fiacre. Je vous ai vus lui courir après.

Les deux amis se retournèrent, sans voix.

– Je veux bien vous y conduire, mais…

Margot et Rudy étaient pendus aux lèvres de la jeune fille.

– … uniquement si vous répétez d'abord comme Mérante l'a demandé !

Rudy pâlit d'effroi. Ils n'avaient pas trop

le choix. Ils ne savaient pas où trouver cet homme, ils avaient besoin de Marie. Ils la suivirent donc dans une salle de répétition située sous les toits. La danseuse leur apprit qu'elle s'appelait Marie von Goethem.

– Nous allons travailler vos jetés. M. Mérante est très exigeant là-dessus. Regardez-moi bien et faites comme moi.

La jeune fille s'élança sur le parquet doré par le soleil rasant, en commentant à ses deux élèves tout ce qu'elle faisait :

– Glissade, jeté développé, pas de bourré, on garde la position… puis on prépare de l'autre côté et on recommence…

Margot était fascinée. Marie parvenait à sauter si haut, avec tant de grâce.

Elle s'essaya à son tour. Mais le cours du matin lui revint douloureusement en mémoire. Mme Sieffert avait beau lui dire qu'elle avait beaucoup à offrir, ses pieds lui

semblaient être en plomb. Marie la jugeait de son œil expert.

– Recommence, Margot, et laisse-toi sauter cette fois. La glissade doit être un temps d'appel pour toi... Un, deux, trois, saute !

Margot s'élança avec détermination, une fois, deux fois, dix fois sous le regard de Marie qui ne semblait jamais satisfaite.

– Attention, Margot, tiens bien ton dos. Tu dois développer ton pied, pas le jeter ! Recommence...

Margot recommença encore et encore, jusqu'à ce que, exténuée, elle finisse par glisser et s'effondrer de fatigue. Cette fois, elle n'eut pas la force de se relever. Tous ses muscles la faisaient souffrir. C'était trop dur, elle ne serait jamais à la hauteur. Marie s'approcha.

– Quand on tombe, on se relève. Saute encore, Margot !

– Non, cela ne sert à rien ! Je n'y arriverai jamais !

– Si, tu vas y arriver. J'étais comme toi, moi aussi je contrecarrais tous mes jetés. Alors, j'ai passé des heures devant le miroir à me regarder sauter, j'ai persévéré… et cela a payé.

Margot contemplait le regard déterminé de Marie. « Recommence et cela payera », c'était ce que lui disait toujours sa grand-mère aussi. Elle se releva. Elle inspira lentement puis elle s'élança à nouveau, sous l'œil bienveillant de la danseuse.

– Pousse plus sur ta jambe, Margot… bien en avant quand tu fais le jeté. Encore. Oui, ça y est, c'est ça, bravo !

Margot se sentit soudain plus légère. Elle avait réussi ! Les conseils de Marie étaient si précieux ! Quand elle dansait comme cela, elle oubliait tout, même qu'elle se trouvait en 1880 !

– Allez, à ton tour, Rudy…

Rudy sursauta. Il n'avait pas écouté un seul des conseils de Marie. Depuis tout à l'heure, il contemplait les toits. À l'horizon, la tour Eiffel n'existait même pas encore… C'était si déroutant. Le garçon se tourna vers les deux danseuses avec un air de détresse, dans l'espoir d'être dispensé. Mais Margot lui fit comprendre d'un regard appuyé qu'il n'avait pas le choix.

Contraint et forcé, il s'élança à son tour... et ce fut une catastrophe. Marie eut beau user de toute sa détermination, Rudy était un élève infernal. Il faisait exprès de sauter du mauvais pied, de grimacer inutilement, de retomber telle une masse. Même projeté dans le passé, c'était plus fort que lui, ce garçon ne pouvait pas s'empêcher de faire enrager les danseuses !

Au bout d'un long moment, excédée, Marie éclata en sanglots :

– Mérante va me renvoyer de l'Opéra à cause de vous !

La jeune fille, si sévère et confiante une minute plus tôt, eut soudain les joues inondées de larmes. Margot fit les gros yeux à Rudy. Quel idiot : ils avaient besoin que Marie les conduise jusqu'à la boîte à musique s'ils voulaient avoir une chance de repartir !

– Pardon, Marie, je vais faire des efforts… Tiens, regarde, cette fois je vais sauter comme tu m'as dit.

Rudy s'élança à travers la pièce comme un cabri aurait traversé un ravin. Margot resta bouche bée : le mouvement était imprécis, mais elle n'avait jamais vu autant de ressort chez quelqu'un, même dans les jetés de Marie !

– Ne te fatigue pas, Rudy…, reprit Marie entre deux sanglots. J'ai dit ça mais ce n'est pas à cause de toi que je pleure en réalité… C'est parce que, de toute façon, je vais devoir quitter l'Opéra.

– Mais qu'est-ce que tu racontes, Marie ? tenta de la consoler Margot. Tu es la meilleure danseuse du ballet !

– Peut-être, mais je n'ai plus les moyens de rester ici… Ma mère n'est qu'une simple blanchisseuse qui bat du linge toute la journée. Quand elle rentre le soir, elle a à peine gagné de quoi nourrir ma petite sœur avec du bouillon maigre ! Laver, essorer, sécher et repasser un pantalon rapporte à peine un franc ! J'essaye de l'aider mais je ne gagne que vingt sous par soirée ici, ce n'est pas assez… Et, hier, maman s'est mise

à cracher du sang... Elle doit se reposer maintenant.

Margot examina les chaussons élimés de Marie et repensa aux regards méprisants des autres danseuses. Elle était impressionnée par la force de la jeune fille. Marie se redressa soudain et sécha ses larmes, comme si elle se reprochait ce moment de faiblesse.

– Mais ce n'est pas votre problème, pardon ! Vous avez respecté votre part du contrat. Venez, je vous emmène chez l'homme que vous recherchez. C'est un peintre, il s'appelle Hilaire de Gas.

Chapitre 8

Les trois compagnons sortirent de l'Opéra pour se rendre à l'atelier du peintre. Des gamins en culottes rapiécées et galoches trouées les suivirent un moment en se moquant de leur accoutrement. Rudy s'amusa beaucoup de voir un homme perché sur un vélo dont la roue avant était démesurément grande.

En chemin, Marie leur expliqua qu'Hilaire de Gas venait souvent voir répéter les danseuses au foyer. Mais il n'était pas comme les autres hommes qui passaient leur temps à discuter et à fumer. Tout ce qu'il faisait en général, c'était les dessiner sur son carnet.

– J'ai entendu dire qu'il cherchait des modèles... J'imagine que c'est pour cela que vous voulez le voir ?

Le nez en l'air, les deux amis ne répondirent pas et manquèrent de se faire renverser par un fiacre lancé à toute allure. Au 21 de la rue Fontaine, la gardienne leur désigna un atelier au fond de la cour aux murs noirs de suif. Sur la porte, une affichette proposait à des danseuses de poser comme modèle.

Dressés sur la pointe des pieds, Margot et Rudy observèrent l'intérieur du lieu.

L'atelier gorgé d'humidité n'était guère plus propre que la cour. Mais il offrait au regard un joyeux bazar de pinceaux, de toiles et de couleurs.

– Margot, regarde, là-bas !

Rudy désignait la boîte à musique qui trônait sur le bureau du peintre, tout au fond de l'atelier. Et c'était leur jour de chance : la porte n'était même pas fermée à clef !

– Mais qu'est-ce que vous faites ? s'écria Marie. Nous n'avons pas le droit d'entrer comme ça !

– Ne t'inquiète pas, la rassura Margot, pas très à l'aise. Juste une minute, et on repart.

Près de l'entrée, une toile presque terminée représentait des ballerines : certaines affairées à mettre leurs chaussons, d'autres sur pointes. Margot écarquilla les yeux.

– Ce tableau ! Je le connais, il est célèbre ! Hilaire de Gas, c'est… Degas !

– Edgar, pour les intimes, ma chère !

Les trois enfants se retournèrent d'un bond vers l'homme à la barbe fournie qui les dévisageait avec un sourire espiègle. C'était bien celui qu'ils avaient croisé à l'Opéra.

– Et célèbre, vous dites ! reprit l'homme, visiblement amusé par les trois enfants.

Vous devriez raconter ça à mes créanciers, ma gentille demoiselle ! Mais puis-je savoir exactement ce que vous faites dans mon atelier ?

Sans se démonter, Rudy s'exclama :

– Notre amie Marie est venue poser pour vous. Elle est danseuse à l'Opéra !

Marie sursauta aux paroles de Rudy.

– Quoi ? Mais…

Margot s'empressa de l'attirer à l'écart.

– S'il te plaît, Marie, chuchota-t-elle, nous avons besoin de ton aide ! Ce monsieur a quelque chose de très important qui nous appartient. Nous devons absolument le récupérer pour pouvoir rentrer chez nous…

– Mais ce n'est pas une raison pour…

– L'affiche disait qu'il payait deux francs par heure… Tu pourrais continuer de danser à l'Opéra avec cet argent !

Marie semblait réfléchir à la situation, effrayée et excitée à la fois.

– Cette chose... que vous devez récupérer... c'est très important pour vous ?

Margot hocha la tête, les yeux suppliants. Marie soupira et revint se poster devant Edgar Degas.

– Mon ami a raison, je voudrais poser pour vous. Ma mère est malade et j'ai besoin d'argent pour la soigner.

Degas avait conservé son sourire malicieux. C'était difficile de savoir ce qu'il pensait.

– Quel âge avez-vous, jeune fille ?

– Quatorze ans, monsieur.

Degas ne dit rien pendant quelques instants. Il observait Marie dans son tutu usé.

– Ma mère est morte quand j'avais à peu près votre âge. Faisons-en sorte que la vôtre ne connaisse pas le même sort.

Mettez-vous à la lumière et prenez la pose, s'il vous plaît.

Marie s'exécuta. Le peintre s'empressa d'aller chercher une toile vierge pour croquer une esquisse, de plus en plus affairé à mesure qu'il crayonnait.

– Savez-vous pourquoi je peins des danseuses, mes jeunes amis ? Pour montrer leur vérité. Pour montrer que derrière quelques secondes de grâce sur scène, il y a en coulisses des années de persévérance...

Degas leva soudain son pinceau, considérant ses premiers traits.

– Mon Dieu, je travaillais sur un projet depuis des mois sans avancer... Je crois que je viens de comprendre pourquoi, mademoiselle : je vous attendais !

Il reprit aussitôt son ouvrage. Rudy fit signe à Margot de rester près du peintre pendant qu'il se dirigeait sans bruit vers le fond de l'atelier. Le lieu était un tel enchevêtrement de chevalets et de toiles inachevées qu'il n'était pas facile de progresser sans rien faire tomber.

Margot restait à côté de Degas, lui apportant tout ce dont il avait besoin. Il fallait éviter qu'il voie Rudy se rapprocher de son bureau. Mais, alors qu'elle regardait par-dessus son épaule le dessin se former, elle ne parvint pas à cacher sa surprise.

– C'est la *Petite Danseuse de quatorze ans* ! s'exclama la jeune fille, qui avait tapissé sa chambre de l'Institut Fonteev d'œuvres de Degas, le « peintre des danseuses ».

L' artiste se tourna vers elle, délaissant quelques instants son croquis. Rudy, quasiment parvenu au but, se cacha aussitôt sous le bureau.

– Quelle bonne idée de titre, ma chère ! Décidément, vous êtes inspirante !

Le peintre se replongea dans son travail. Rudy se releva sans un bruit et fusilla Margot du regard. Elle s'excusa de sa bêtise d'un petit sourire gêné.

Après une heure de travail, Edgar Degas s'étira, visiblement satisfait. Il sortit de sa poche deux belles pièces en argent à l'attention de Marie.

– Arrêtons pour aujourd'hui, mademoiselle ! Mes yeux sont fatigués. Mais il faut me promettre de revenir, chère Marie. Je compte faire une sculpture de cette Petite Danseuse de quatorze ans… Je suis sûr qu'elle aura beaucoup de succès au prochain Salon des Indépendants !

Marie acquiesça, ravie. Elle pourrait rester dans le corps de ballet, tout en aidant sa mère ! Les trois enfants se dépêchèrent de sortir de l'atelier de Degas pour retourner à l'Opéra avant qu'on se rende compte de leur absence.

Pendant tout le chemin, Rudy ne lâcha pas des yeux la boîte à musique retrouvée qu'il tenait fermement entre ses mains.

Chapitre 9

De retour dans le grand salon de l'Opéra, Marie serra ses deux amis dans ses bras.

– Merci, Margot ! Merci, Rudy ! Sans vous, je n'aurais jamais osé demander à M. Degas de me prendre comme modèle. Grâce à cet argent, je resterai à l'Opéra maintenant !

Margot sourit à la jeune fille. Elle était réellement heureuse pour elle.

– C’est plutôt à nous de te remercier, Marie. Grâce à toi, nous allons pouvoir rentrer chez nous. Et tes conseils m’ont fait tant progresser. Jamais plus je n’effectuerai mes jetés de la même façon !

– Tu es une très bonne danseuse, Margot. Continue comme cela et tu iras loin. Et… toi aussi, Rudy !

Rudy sursauta, surpris que Marie le félicite. Elle éclata de rire.

– Tu ne peux plus cacher que tu sais sacrément bien sauter, maintenant... Il ne te reste plus qu'à apprendre tout le reste !

Rudy haussa les épaules et les filles pouffèrent. L'horloge du salon sonna ses coups fatidiques.

– Mince ! C'est l'heure de la répétition ! Je ne peux pas la manquer, celle-là, sinon le maître finira par me donner mon congé !

Marie embrassa Margot et Rudy en hâte. Arrivée à la porte du salon, elle se retourna :

– Chez vous... j'imagine que c'est très loin ?

Margot et Rudy ne répondirent pas.

– Promettez-moi quand même de revenir me voir... un jour.

Les deux enfants promirent et restèrent bientôt seuls dans le salon. Le jour tombait. Dehors, les allumeurs de réverbères commençaient leur travail d'équilibriste. Rudy considéra la boîte qu'il tenait entre ses mains. L'instant de vérité était venu : allaient-ils réussir à repartir dans le présent ou resteraient-ils coincés à jamais en 1880 ?

– Que doit-on faire, d'après toi ?

Margot examina la boîte. C'était bien celle qui les avait transportés dans le passé. Le danseur était toujours là, légèrement décalé par rapport au centre, comme s'il attendait sa partenaire mystérieusement envolée.

– J'imagine… qu'il faut la faire jouer, comme tu l'as fait dans le bureau de ta grand-mère.

Rudy se saisit du remontoir et eut un instant d'hésitation.

– Tu es prête ?

Margot acquiesça et se saisit du bras de Rudy. Le garçon appuya sur le remontoir pour l'actionner et Margot vit son visage se froisser.

– Que se passe-t-il ?

– Je ne sais pas… On dirait que le ressort est cassé… C'est comme s'il était bloqué !

Avaient-ils fait tout cela pour rien ? La boîte avait-elle été abîmée dans le voyage ?

Ils ne pouvaient imaginer qu'ils ne reverraient plus jamais leurs familles ! Margot observait Rudy forcer pour actionner le mécanisme, quand elle eut soudain une idée.

– Et si tu le tournais dans le mauvais sens ?

– Comment ça ?

– Pour reculer dans le temps, tu as tourné le remontoir dans le sens inverse des aiguilles d'une montre, c'est ça ?

– Oui.

– Eh bien, pour revenir dans le présent, il faut avancer le temps... donc peut-être faut-il l'actionner dans le sens des aiguilles d'une montre ?

Rudy sentit son cœur battre à tout rompre et dévisagea son amie. Margot l'encouragea du regard et il actionna à nouveau le remontoir, mais dans l'autre sens. Celui-ci n'opposa, cette fois, aucune résistance, et Rudy le tourna d'autant de tours qu'il l'avait fait dans le bureau de sa grand-mère. Le danseur se mit soudain à tournoyer et la musique triste emplit toute la pièce.

Les deux enfants n'eurent pas beaucoup à attendre. À nouveau, ils se sentirent tout chose. Comme si tous leurs muscles venaient de se détacher de leurs os, comme si leurs paupières venaient de se transformer en plomb. Ils eurent l'impression de s'effondrer sans toucher le sol. Dehors, une ombre noire recouvrit les lampes à gaz.

Le douzième coup de l'horloge réveilla soudain Margot et Rudy en sursaut. La boîte à musique, toujours dans les mains de Rudy, avait cessé de tourner. Que s'était-il passé ? Où étaient-ils ? Margot balaya la pièce du regard.

– Rudy, regarde, ça a marché ! Nous sommes revenus à l'Institut Fonteev !

Elle se mit à danser de joie tellement elle était heureuse.

– Et le temps ne s'est pas écoulé pendant que nous étions partis ! Regarde ma montre : il est la même heure que lorsque nous avons actionné la boîte !

Margot se jeta dans les bras de son ami.

– Oh, Rudy, je suis tellement soulagée ! J'ai vraiment cru que nous allions rester coincés en 1880 !

– Oui, dommage ! Moi qui rêvais de tester mes sauts lors de la première de la Korrigane…

La jeune fille ne put s'empêcher de glousser jusqu'à ce que des bruits de pas lointains leur parviennent. Les deux enfants étouffèrent aussitôt leurs rires.

– Allez, vite, retournons dans nos

chambres ! chuchota Rudy. Ce serait bête qu'on se fasse punir pour une sortie nocturne après tout ce qu'on vient de vivre !

Margot embrassa Rudy sur la joue. Elle s'éclipsa du bureau, sans voir que la couleur du visage du garçon venait de se rapprocher de celle de ses cheveux. Avant de sortir, Rudy regarda une dernière fois la boîte à musique de sa grand-mère. Le danseur solitaire le dévisageait, comme s'il avait voulu lui révéler un secret endormi.

Chapitre 10

Depuis le couloir, Rudy observait les danseuses qui s'exerçaient à sauter sous l'œil autoritaire de sa grand-mère. La professeure battait le rythme de sa canne, comme M. Mérante la nuit dernière. Margot et lui n'avaient raconté à personne leur escapade dans le temps. On ne les aurait pas crus, de toute façon. Et puis, ils savaient maintenant qu'il leur restait un mystère bien plus grand à percer…

Rudy sortit de sa poche une lettre soigneusement pliée. Ce matin, ils avaient couru jusqu'à la boutique de M. Geno pour lui raconter ce qui leur était arrivé cette nuit. Mais tout était sombre : la boutique était fermée, pour « Congé annuel jusqu'à nouvel ordre », indiquait la pancarte. Margot n'en était pas revenue, elle qui n'avait jamais vu le vieil antiquaire prendre un seul jour de vacances ! Le propriétaire de la boutique voisine leur avait remis cette lettre. M. Geno l'avait laissée à leur intention avant de partir précipitamment. Rudy déplia la lettre et relut les mots qui le torturaient tant :

« *Chers Margot et Rudy,*

Si vous lisez cette lettre, c'est que, comme je le pense, vous avez voyagé dans le passé.

Je ne sais pas où, je ne sais pas quand, mais je peux vous dire qui vous avez rencontré : un danseur.

Je vous l'ai dit, vous détenez une boîte à musique très spéciale. Une boîte à musique magique, fabriquée il y a des années, par un danseur de génie qui avait le pouvoir d'envoûter tous ceux qui posaient les yeux sur lui. La danse possède un grand pouvoir, les enfants, souvent mésestimé...

Ce jeune homme ambitieux l'avait compris, lui. Et il décida de devenir le plus grand danseur de tous les temps. Grâce à cette boîte, il put voyager dans le passé à la rencontre des danseurs qu'il voulait surpasser.

Les enfants, j'ai tellement de choses à vous dire et j'ai si peu de temps, je dois partir... Alors, je vous dirai simplement ceci : la boîte à musique, comme vous l'avez remarqué, n'est pas complète. À l'origine, deux danseurs l'ornaient. Si vous avez pu remonter dans le passé, c'est que la boîte vous a choisis. C'est que vous seuls pouvez retrouver la figurine manquante. Alors, je vous le demande : faites tourner la boîte, revenez dans le passé pour la retrouver.

J'imagine que ce que je vous demande vous fait peur, mais en retrouvant la figurine en arabesque, Ru... »

Mme Sieffert appela le nom de Margot, et Rudy quitta sa lettre des yeux. C'était au tour de son amie. Le garçon retint son souffle. La jeune fille projeta loin son regard et s'élança. Un sourire se dessina sur le visage de Rudy. On aurait dit que Margot volait. On aurait dit que la pièce ne lui suffisait plus.

– Bravo, Margot, c'est beaucoup mieux ! Regardez, mesdemoiselles, elle pense en l'air à son équilibre, elle vit son saut ! Je vois que la nuit t'a porté conseil, Margot. C'est très bien, continue comme cela.

Margot se retint d'exulter. Cela lui avait soudain paru si naturel de sauter ! Comme si elle avait toujours eu cela en elle et qu'il lui suffisait de le libérer ! Margot rejoignit le vestiaire, et Rudy rangea sa lettre avant d'entraîner son amie d'un pas rapide.

– Où on va ? J'espère que ce n'est pas encore une de tes mauvaises blagues pour ridiculiser les danseuses !

Ravi d'aiguiser sa curiosité, Rudy ne lui dit rien, se contentant de les faire sortir discrètement de l'Institut. Après une petite demi-heure de marche dans les rues de Paris, ils s'engouffrèrent enfin dans un vaste bâtiment tout de pierre et de verre. Le garçon guida son amie au cœur d'un hall gigantesque rempli de sculptures en marbre. Il se dirigeait dans le musée comme s'il savait exactement ce qu'il cherchait. La statue en bronze d'une jeune fille en tutu apparut soudain devant leurs yeux. *La Petite Danseuse de quatorze ans* les dévisageait, sage et immobile sur son socle de bois.

– Marie ! s'exclama Margot. Oh, Rudy…

Rudy rejoignit Margot qui s'était élancée vers leur amie, pétrifiée pour l'éternité.

– Tu te rappelles..., reprit le garçon, on avait promis de passer la voir.

– Elle est belle. Sa statue lui ressemble tellement...

Rudy fit le tour du bronze.

– Oui, c'est drôle de la voir ici alors qu'on l'a vraiment rencontrée !

Margot soupira. Elle avait encore du mal à croire que tout ce qu'ils avaient vécu était vraiment arrivé.

– C'était une si bonne danseuse ! J'aimerais qu'elle soit encore là pour me conseiller.

– Elle sera toujours là maintenant : à chaque fois que tu danses...

Rudy regardait Margot de son air malicieux. Oui, il avait raison, Marie serait toujours là désormais. Rudy se répéta les derniers mots de la lettre de M. Geno, qu'il connaissait maintenant par cœur :

La boîte à musique, le voyage dans le passé, la disparition de sa mère… Est-ce que tout cela pouvait réellement être lié ? Quelle histoire ils venaient de vivre ! Rudy releva les yeux vers Margot qui, de l'autre côté du bronze de Marie, le dévisageait toujours.

Les deux enfants n'avaient aucune idée de ce qui les attendait, mais l'un comme l'autre était maintenant convaincu d'une chose : cette histoire-là ne faisait que commencer !

FIN

Et en vrai ?

Marie, petit rat de l'Opéra

Marie van Goethem, qui a servi de modèle à Degas pour son œuvre *La petite danseuse de 14 ans* est née le 7 juin 1865. Elle vivait à Paris avec sa mère blanchisseuse et ses deux sœurs. Elle était très pauvre.

Marie apparaît dans une autre œuvre de Degas : *La Classe de ballet* (1880) que tu peux voir au Philadelphia Museum of Art. De dos à droite du tableau, on la reconnaît par sa longue chevelure détachée.

L'expression « petit rat » provient sans doute du bruit que faisaient les pointes des jeunes danseurs dans les combles et les coulisses de l'Opéra.

Edgar Degas, le peintre des danseuses

Edgar Degas est un peintre du XIXe siècle. Il a été consacré comme le « peintre des danseuses » car il aimait les représenter dans la réalité de leur vie quotidienne : sur scène mais aussi en coulisses, en train de s'échauffer, de répéter, de se coiffer ou de s'habiller. Il a été le premier à montrer leurs joies autant que leurs peines.

Edgar Degas a toujours vécu dans le IXe arrondissement de Paris, à deux pas de l'Opéra qu'il aimait tant.

La petite danseuse de 14 ans

La sculpture *La petite danseuse de 14 ans* était à l'origine en cire colorée. Elle était vêtue d'un vrai tutu en tulle, de vrais chaussons de danse et même de vrais cheveux !

Ce n'est que bien plus tard, en 1921, qu'elle a été fondue en bronze (ce qui était nécessaire pour préserver l'œuvre), comme celle que tu peux voir aujourd'hui au musée d'Orsay à Paris.

Présentée pour la première fois lors de l'exposition impressionniste de 1881, la sculpture choqua par son réalisme. Tel un naturaliste, Edgar Degas avait voulu représenter une danseuse sans fard ni paillette.

Pas de danse : le grand jeté

Dans l'histoire que tu viens de lire, Marie fait travailler à Margot et Rudy leurs jetés. Le jeté est un saut qui commence sur une jambe et qui finit sur l'autre. Parmi ces sauts, un des plus difficiles est le grand jeté. En prenant de l'élan, grâce à quelques pas chassés par exemple, on fait le grand écart, mais au milieu du saut ! C'est un mouvement qui requiert beaucoup de concentration et d'entraînement !

BAYARD POCHE

la passion de lire

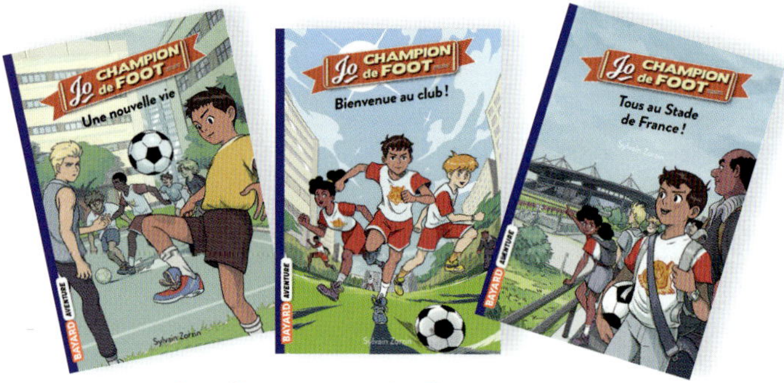

Jo champion de foot

Enquêtes à la montagne

Les dragons de Nalsara

Le journal d'Ella